KB195643

나는 빛이요 파동이요 생명이므로

나는 빛이요 파동이요 생명이므로

정동재 시집

지혜

시인의 말

문외한이었던 내게 글이 찾아왔다.

고물상을 하던 내게 시가 찾아왔다.

시를 잘 몰랐던 첫 시집 『하늘을 만들다』에서 몇 편,

두 번째 시집 『살리는 공부』에서 몇 편,

오십 후반 내게 뜬금없이 찾아와 퍼즐 조각 맞추듯 그리하여 간신히 다 맞추어진 시집 『나는 빛이요 파동이요 생명이므로』,

참으로 나는 운이 좋다.

인간완성의 설계도를 완성했다.

차례

1부

2부

3부

- **일러두기**

페이지의 첫줄이 연과 연 사이의 띄어쓰기 줄에 해당할 경우 >로 표
시합니다.

1부

무위이화 프로그램

가만히 보면 무위이화無爲而化* 프로그램을 짜려고 한다
정신 주입하고 머리 몸통 손발을 만들었다
태양이 뜨고 달이 뜬다
오대양 육대주 돛을 펴 바람을 잡고
억겁 세월 우주를 유영한다

마당에는 어미 꽁무니 졸졸 쫓는 병아리 떼 분주하고
구멍 숭숭 뚫린 배추 잎사귀 지렁이 개구리 잡아다가 던
져 넣어주는
어렸을 적 유소년이 보인다

화장터에서 한 줌 재가 되어 담기신 어머니 아버지도 보
이고
잘난 애비 탓에 만만한 직장 하나 잡지 못하는
오장육부가 문드러질 아들 얼굴도 문득문득 떠오른다
온종일 직장에서 늦은 밤까지 종종걸음칠 딸아이도 보인다

이 또한 잘만 허면 억겁 세월을 유영할 터
나는 무척 잘 사는 법에 대하여 오늘도 역시 되뇌고
매스컴은 옳다거니 그르다거니 한 표 달라고 서로 물어뜯
는 모습 재현에 또한 분주하다

>

지렁이 개구리 병아리 두더지 한 마리까지 정신줄 모아
각각 제 프로그램 운영하느라 모두 분주하다

우리 모두는 허투루 버려지는 존재가 하나도 없다

* 아무런 일을 하지 않아도 일이 저절로 이루어진다.

나는 빛이요 파동이요 생명이므로*
— 빛 발자국

발자국 쫓다 보면 빛과 빛을 합성하는 작업 중이다
뭔가 큰일 벌이고 있다

DNA가 있어서 천명이 있어서
빛에 싹이 나고 잎이 나는 것을 보라
감자에 싹이 나고 잎이 나는 것을 보라
초록 풀이나 미역 뜯었다는 바닷가 바위 공룡 발자국을
보라
익룡 빼곡했다는 하늘 고개 들어 보라
하루도 쉬지 못하는 태양 숨은 붙은 것인지 확인하여 보라

폐지 한가득 손수레를 끄는 최후의 보루
등골이 다 빠져 활처럼 휜 허우적거리는 걸음걸이
빛의 발걸음을 보라
다 저녁에 이마 땀 한번 제대로 훔치고
하늘 한번 보는
먼저 가신님 허공에 그리고 섰을지도 모를
그렁그렁 한 눈망울 읽어 보시라

빛이 사람이 되기까지
아버님 어머님 우리 고운 님 되기까지
대견한 우리 아드님 되기까지

14

빛이 어찌어찌 고명하여지는지 눈여겨 보라
빛이 소멸하지 않는 빛님으로 신위神位에 모셔지기까지
또렷이 찍힌 발자국을 보라

환장하도록 고운 저녁노을이 감탄사 외에는 말을 잇지 못
하게 한다
빛의 속성이란 그런 것
뭔가 분명 천지개벽시킬 큰일 벌이고 있다

* 양자역학

들녘 뿔난 황소처럼

쟁기질 중인 저 소는 순백의 화합물이다

등짐을 벗고 화합물에서 벗어난 시간
밤별 외양간에 들이고 앉아
또다시 뿔난 황소의 전진 되새김질이다

염소 질소 수소 산소도 일심동체가 되고 싶었던 게다
사실 소였던 게다

굴레 쓴 소처럼 H_2O, CO_2, C_2H_5OH, CH_4가 되어
들녘 가로지르는 뿔난 소가 되고 싶었던 게다

미세먼지 가득한 이 도시 저 산야에서
대기를 가르며 올라 구름으로 쟁기 끌었던 게다

하늘 이야기 눈비로 써 내리며
사람 사는 이야기 늘 같이하고 싶었던 게다

* 시집 『살리는 공부』

만점인생

환한 촛불 속 조금 어두운 빛깔 어둡다 표현하니 어둠 같았다
나는 빛이요 파동이요 생명이므로
생명은 파동이고 빛이라고 적는다

빛에도 어둠이 있어서 인생 파란만장 겪으시고
컴컴한 터널을 지나오신 어르신들
인생 뭐 있냐며 그저 웃음 건네신다
텃밭에 어떤 이는
검게 그을린 얼굴로 삶은 감자 한 덩이 드시고 가란다

측은지심이란 게 역지사지라는 게
누군가 파놓은 함정에 빠져도 보고 망해도 봐야 비로소 얻어지는
돈 주고도 살 수 없는 보석이라는 것을 느낀 적 있다

이번 생 가장은 처음이지만
낳아 품에 안고 젖 물리고 등에 업고 홀 서빙하는 일이 그녀도 처음이지만
옹알이할 때 뒤집기 할 때 아장아장 걸을 때
부모는 진땀 범벅이어도 박수갈채와 탄성이 터져 나오는 일이다

내일을 열어갈 빛을 살리고 탄생시키는 일이다

인생 공부 백점 만점이 어디 있겠냐만
살다가, 살다가 다시 돌아가면
만사 다 제쳐놓고
모두를 살리시는 하느님께 문안 여쭙고 큰절부터 올려야
쓰겠다

칸트의 신 존재 요청

언덕길에 올라 앞에서 손수레 끌던 노파가
뒤에서 밀어준 젊은이들에게 언덕言德을 쌓는다

복 받을 거야

위대한 사람은 위가 지구만큼 큰 사람이라고
듣던 모자 쓴 청년이 말했다
음~ 소리 추임새로 끼워 넣고는
다른 이의 뱃속에 음식을 저장해 놓는 거라고 말했다
숨어있던 웃음이 다 같이 터져 나왔다
건너 빵집도 복덕방도 갓길에 쉬고 있는 자동차도
귀를 쫑긋 세웠다

식도 어디쯤 걸려버린 칸트를
꺼내놓고 싶은 한낮이었다
칸트의 요청을 재고하고 싶은 땡볕이었으므로
인간 꽃송이를 피우기 위해
인간세계, 가을 서리와 같이 내려오신다는 신도
달콤한 열매의 영생도 입을 모은다는 영혼의 신 존재 요
청도
뜨거운 감자다

>
죄 없을 가로수 천년 세월 매가리 없는 생 앞에서
그만 입을 놀리고 말았다
뭐 대단한 걸 바라는 것도 아니라고 했다
수명만 길어서 빌어먹는 생 보다 바야흐로 위장 크기만큼
수명을 정해 준다면
매일 복을 지어 죽지 않는 세상 잘 굴러갈 일이라 했다

복 지으면 죽지 않는다는 말에
태양도 놀라는 눈치다

* 시집 『살리는 공부』

20

살리는 공부

나의 죽음은 끈질긴 부덕함의 결과라고 K가 말했다
나의 삶은 끈질기게 부덕함을 두려워함이라고 J가 말했
다. 의역했다

나의 죽이는 공부에 죽은 자들이 돌아와 끈질기게 나를
죽이고
나의 살리는 공부에 산 자들이 찾아와 끈질기게 나를 살
렸다. 인과의 법칙이 성립했다

나의 살리는 공부가 나를 영생에 이르게 한다는 명제가
도출됐다

죽어도 살지 못하고 죽어도 죽지 않는 인과의 대명제 앞
에서
석 달 열흘 눈물이 흘러내려
안부를 묻는다

낳고 길러주신 하늘과 땅
멀찌감치 거리를 두어 준 해와 달
거리를 좁혀준 나무와 새들

옷깃 스치고 지나간 인연

숨 한 모금조차

사랑한다는 말
건네는 중이다

* 시집 『살리는 공부』

이순

마음에 사랑이 가득한 사람과 눈이 맞아 미래를 약속했다

사랑 가득한 마음에는 천사와 하느님이 자리하는데
십, 이십, 삼십, 사십, 오십 년도 백 년도 안 되는 십 년이라
십 년이면 강산도 변하고
이십 년이면 사람 마음도 강산을 쉬이 따르는가 보다

사랑의 상품화와 귀족화 대타 섭외가 일상인
자본주의의 민낯 보여주는 뉴스 보도
양심 팔아버린 마음자리에 상주한다는 악마들의
일가족 연쇄 살인으로 치닫는 흔해진 현장에
원혼과 악마가 벌여놓은 생생한 생지옥을 통감한다

마음은 온갖 잡신 원한신 악마가 질주하며 대형사고 빚어
내는 도로라는 게
아침 뉴스의 결론
마음이란 하느님도 악마도 내게 들락거리는 출입문이고
활주로다

나는 나의 과거를 정확히 알고 있습니다

그러지 말았어야 했어
너 그럼 성공 못해
양심은 어렸을 적 이야기 아직도 꺼내놓습니다
어렸을 때 안 그런 사람도 있냐고 변명합니다

세 치 혀 사탕발림에 믿었다 상처받은 아가씨들
눈물 철철 흘렸을 겁니다
술 먹은 나를 2차 3차 4차 밤새워 운행했던 일부터
588 사창가 동창회 친구들과 배회했던 이야기도 꺼내놓
습니다

스스로 어둠 속에 너를 빠뜨리지 말라고 말합니다
너 그럼 절대 성공 못한다고 으름장 놓습니다
양심은 나의 영혼 각성시키려 듭니다
시도 때도 없이 나타납니다

처자식 핑계 삼지 말라 합니다
남의 가슴에 비수 꼽고 잘 될 성싶냐며
하루 이틀 사흘 나흘 일년 이년 십년 이십 년
아직도 고문 일삼습니다

우주는 우주라서 내 마음은 우주요 우주는 내 마음이라서

우주의 내일은 성공한 좋은 세상이라는 것
천국이요 극락이라는 것
유리세계 거울처럼 훤히 꿰고 있나 봅니다

* 시집 「살리는 공부」

심령술사

병간호 중에 돌아가신 아버지
아버지의 죽음으로 찾아든 죄책감
마음
이란 게 참으로 무섭다

전자기장의 오류로 연산이 엉켜 팔이 마비되고 모국어를
잃은 딸에게
뇌 속 뒤엉키게 만든 기억을 최면 치료 대화를 통해 몸 밖
으로 꺼내는 순간
팔과 모국어가 정상으로 돌아왔다고
프로이트는 정신분석학 출발을 공표했다

……를 찍고 일심이라 읽는다
1년이라 쓰고 봄 여름 가을 겨울이라 읽는다
심장을 그리고 사지를 그린다
내 마음은 우주고 우주는 내 마음
양심은 춘하추동이어서 가슴 한복판에 된서리 내려 나를
농사 중이다

건강을 회복한 그녀가
심기를 고른 그녀가
양심을 다시 찾은 그녀가

다시 머리를 쓰기 시작했다
머리가 가려우면 손으로 긁었다

또 한 번 거듭난 심령술사
세상에 주문을 걸기 시작한다
수리수리 마하 수리~
여성 인권 해방을 위한 첫걸음마 노 저으며 바람을 거슬
러 오른다

그녀의 정신만큼 법력만큼
마법처럼 세상은 또 한 뼘 바뀔 것이다

* 시집 「살리는 공부」

별빛으로 풀어 본 4차원

밤이면 저렇게 영롱한 반짝임을 몇백만 년 전
별들의 폭발이라고 믿는데
우리는 이제 아무 거리낌이 없다
모든 것은 이미 프로그래밍 되어 있다고 누군가 단호히
말했고
천상열차분야지도 꺼내놓으면 거대하게 짜진 궤적으로
지구는 굴러간다

생년월시 묻는 사주팔자
태어난 자리 뱃속부터 사주 된 별빛쯤
스펙트럼 분석학쯤으로 바꿔 불러 볼일
태어날 미래를 입력하고 엔터키 누르면
마야의 기록되지 않은 예언이 육갑하여 튀어나올 일
운명도 숙명도 언젠가 홀연히 사라진 신에 대해서도 쉽게
말하지 말자

오늘 밤 별들의 영롱함이란 몇백만 년 전 폭발이다
이제 좀 더 진지하게 단호한 어조를 빌어
별들이 빛나는 이유를 육하원칙에 의해 타이핑해 보자
타고난 천성을 가진 불같은 너와 불같은 내가 만났다고
하자
운명과 운명이 만난 접점에서 흐르는 것을 눈물이라고 하자

호수와 호수가 만나 호수가 되지 못하고 불바다가 되었다고 가정해 보자

　몇백만 년 전 시작된 밤하늘의 저 무수한 폭발이 지상에 내려와
　불에서 물이 잉태되고
　물에서는 불이 살아나는 이 물리적이지 못한 초자연적인 일들이
　법이, 법이 아닌 세상에서 법 없이도 살 사람을 마치
　우리로 만든 이유라고 결론지어 보자
　별빛은 여전히 별빛다우며 조금은 더 신비롭지 않은가?

　* 시집 『하늘을 만들다』

빛의 존재 이유

아침 창문 두드리는 눈부신 광합성이다

푸르게 푸르게 지구 만들어 주는 일

너도 꽃으로 나도 꽃으로 피워 주는 일

너와 나 참된 열매 맺기 기다려주는 일

K의 지상천국

컨트리 음악은 화장실까지 흘러들었고 좌변기 올라탄 엉
덩이는
말 탄 엉덩이처럼 몸의 중심 잡으며 몸을 흔들거렸다
손과 발 머리 끄덕이게 만든다
소리의 즐거움을 알아서 우주는 빛으로 파동으로 꽉 찬
거라고 생각하다가
리듬에 빠뜨려 온몸 흔들어 춤추게 만드는 클럽에 이르
러서는
그래, 흥이란 저런 것이겠지 생각한다
용춤도 학춤도 승무도 꼽추춤도 칼춤도 아닌 것 같다고
하다가
2002년 월드컵 전국 천지 흔들던 흥과 춤이 출산율 증가
이룩했다는 보고서를 보다가
단언컨대 그 후론 바나나걸의 엉덩이를 흔들어 바*였다
고 그 압권
몸소 체감한 촉감에 젖다가
엉덩이와 엉덩이가 겹쳐진 두 남녀의 전위예술을 생각한다
교성 소리는 오르가슴에 올라 침대 위 세상으로 제대로
터져 나왔음을 엄숙한 생명의 연속성이라고 선포하기도 하
다가
철석, 엉덩이 때리는 소리에 응애, 응애 세상 첫걸음 떼
는 핏덩이 소리는

너무 신비로웠음을 실감하게 되다가

소리의 위대함에 대해 미처 깊이 생각하지 못하고 있었음
을 자백한다

라디오방송 주파수 사이사이 칙—칙 거리는 우주의 소리
다시 떠올리다가

칙—칙 소리는 우주의 일상이었음을 밥처럼 거르지 않고
인식했었음에도

우주의 본질은 즐거움의 연속일 거라며 영원히 춤추는 우
주를 생각했다

내내 그 형상을 나는 펜으로 그리지 못하고

푹,

먼저 인간을 만들고 노래를 만들어 영원히 우주를 춤추게
하려는 속셈에

빠져버리고 마는 것이다

* 바나나걸의 엉덩이를 흔들어 바
** 시집『살리는 공부』

나는 빛이요 파동이요 생명이므로
― 말이라는 주문

파동은 에너지고 파동은 사람을 통하여 말이 되는데
어떤 말은 크나큰 파장을 일으킨다
호래자식이라는 말 건네면 주문대로 호래자식이 되어 내
게 봉변을 일으키고
천사라고 말 건네면 천사가 되어 잠시 천국을 맛 보여 준다

온갖 말, 말이 난무하는 음파 천국에서 호래자식이 되지
않는 법
이론상 간단하지만 고수의 반열에 오르는 일
호래자식 보다 더한 말 들어도 나라는 우주를 원한과 증오
전쟁의 장으로 변질시키지 말아야 하는 일
한순간에 똑같은 사람이 되어버리거나 스스로를 지옥에
빠뜨리지 말아야 하는 일
말에 붙어 따라 들어와 나 아닌 악마가 사는 집으로 문패
를 바꾸지 말아야 하는 일이다

고차원의 에너지를 빚어내는 빛의 말이란 성난 개를 순한
개로 만들어 버리는 일이다
사람이 되게 하는 일이다
태양과 함께 억조창생 있게 하는 일이다

나는 빛이요 파동이요 생명이므로
— 주문

아침 햇살 눈 비비고 일어나라 내게 주문을 한다
젖 달라 재워달라 쳐다봐달라 나는 하느님께 주문을 한다
푸르지오 롯데캐슬 람보르기니 파가니 하느님께 주문을
한다

짜장 주문 음파 소리에 짜장이
짬뽕 주문 음파 소리에 짬뽕이
하느님 찾는 음파 소리에 하느님이

수리수리 마하 수리
옴마니반메훔
알라
야훼
나무 관세음보살
아미타불
시천주 조화정 영세불망 만사지 지기금지 원위대강

나는 빛이요 파동이요 생명이므로 주문을 한다
너는 아침 햇살이라 눈 비비고 일어나라 내게 주문을 한다

나는 빛이요 파동이요 생명이므로
— 후광 입은 신, 성, 불, 보살 이야기

후광을 어찌 입는지 물었다

일월과 질서를 같이하고 억조창생 다 살리려는 것인지 물
었다
법문이 높고 높아 상천 중천 구천 다 밝혀 주려는 것인지
물었다
그리 후광 등에 업은 것인지 물었다

소년소녀가장 직접후원 월급에 3%

나 또한 빛이므로
꼴랑 양초 몇 개 값 세상 밝히려는 몸짓
지울 길 없다

수백만 년 반짝이는 밤하늘 별들에게 말 건네다보면
누군가 좌표 잃지 말라고 밝혀놓은 심지 곧은 촛불
무수히 빛나고 있다

나는 빛이요 파동이요 생명이므로

나는 빛이요 파동이요 생명이므로
인정人情이므로 관운장과 같은 부류이므로 천하 사람이
모여들므로
모사재인謀事在人 했으므로
따지고 들면 인간 영성靈性은 맑고 따뜻했다

바야흐로
감마선 X선 자외선 가시광선 적외선 초단파 라디오파를
말하고 쓰는
우리 학회 모임 정신은 운 좋게도 천지에 두루 쓰여 통했
으므로
찾아준 영감靈感도 운발도 창대해졌다

정통한 시를 짓고 노래하며 만물 만사 천지인신天地人神
크게 이끌었음에서
하늘을 대신해 천지 우주 경영할 수 있을지 심히 골몰하
다가
신명은 지혜에 밝고 사람은 일할 몸뚱이가 있어
마침내 찰떡궁합 사모 족두리 한 부부와 같아 왕생극락이
란 이런 것이라 끄적인다

이상세계 옥문을 열 열쇠의 주인공은 사람이라고 고대하

던 첫날밤처럼 마음 다독이다가

　태초부터 빛이요 전기요 생명이신 +− 음양합덕의 모사
꾼은 하늘이요

　그 모든 공은 사람의 것이라 대필하고는 모사재인 성사재
천*이라는 말 대신

　모사재천謀事在天 성사재인成事在人 시대 서막이 열렸음을
선언한다

　하늘의 일이 곧 인간 성공이라는 공식이 성립했음을 공
표한다

* 일을 꾸미는 것은 사람이지만 그 일이 이루어지는 것은 하늘에 달려
　있다는 제갈공명의 호로곡과 적벽대전의 고사성어. (반의어 모사재
　천 성사재인)

3분 정역

　김일부 선생의 365일 삐뚤어진 하늘땅 사람 조리법은 난
해하여
　싹둑싹둑 가위 치기 하다 넣어뒀던 옛적 다락방 서랍을
열자
　망치로 내 머리통을 후려치더니
　3분 정역正易* 조리법이 되어 스르르 내 품에 안긴다

　하느님께서 화기를 땅속에 묻어 버리시는 일이다
　남극과 북극을 데워 수기를 돌리시는 천지공사다
　방위가 바뀌고 건곤감리 손진간태 정음정양으로 자리 잡
는 일이다

　이를테면 반신욕으로 하초의 냉증 없애주는 일이다
　지구도 사람도
　수기가 돌고 지혜가 열려 스스로 화병을 치료하는 일이다
　부연 설명하면
　부엌에서 남자는 손끝에 물도 묻히지 않는 것이라는 옛날
말씀 근절시켜 나가는 일이다
　태아 성 감별이 낙태로 이어지는 길을 허용했던 세태 무
너뜨리는 일이다

　하느님 보우하사 대한민국

천지 도수가

2024년 12월 한파 속 여의도 광장 응원봉과 같아

어둠 속에서 길을 여는 세상 등불인 것이다

결론은

천국의 맛은 대한민국 한식이라는 불고기 비빔밥 김치처
럼 이 땅 지상천국 만드는 일이다

전자레인지는 없어도 된다

* 탄허스님, 문광스님 정역 해설 참고

나는 빛이요 파동이요 생명이므로
— 내 우주팽창설

동트는가 싶으면 시간 알리는 수탉아
해 넘어가나 싶으면 암탉들 모아놓고 교배하는 수탉아
하룻밤에 역사 잘도 만드는구나

하루를 가늘고 곱게 되새김질하는 소야
복중 십 개월 버겁지 않은 것이냐
열 달 꼬박 채우는 달이 놀랍고 두렵지 않은 것이냐!

복중腹中 불효 80년 노자 선생
평생 죄인이라 고개 들길 가벼이 못했다는데
억겁 세월 늘어나는 강보 천지는 우릴 감싼다
달을 꼬박꼬박 채워 우주를 팽창시킨다

행군하는 달처럼 밭이랑 쟁기질 농부 입에 풍월이 인다
돋아난 새싹들도 풍류를 읊는다
달 타령에 어김없이 가을이면 입에 여의주 문다

더는 밝을 명明의 이름으로 일월日月을 짝짓지 말아야 하
겠다
억겁의 세월
우주의 자궁 속에서 명명백백明明白白이라는 말을 꺼낸다

>

별빛 차올라 500년마다 석가 공자 예수 세상에 냈다는
고서의 말 대신
산달 향하는 어머니 같은 출산할 우주라 적는다

* 시집 「하늘을 만들다」

천지인 프로그램 구축하기

　좀 손해 보면서 살라 셨다는 아버지 유언 한 자락 꺼내놓
으며
　마른 담배 연기 피우는 얼큰해진 얼굴의 앞 동 유씨

　승강기를 빠져나와 모니터 앞 엉덩이 들이고 앉아
　영혼 프로세서가 오늘은 인간 정신에 대하여 메모장에 프
로그래밍 중이다

　유구한 세월 쌓인 한민족의 정신이야말로
　지구상에 현존하는 최신 사양의 프로그램인 듯했다

　기근에 콩 반쪽도 나누었으며
　왜적에 대항해 목탁 내팽개치고 죽창 손에 들었으며
　행주치마에 돌멩이를 가득 담아 날랐다

　부부 싸움은 칼로 물 베기라고 했다
　살만해졌다고 조강지처 헌신짝 버리듯 버리는 놈은 진짜
사내도 아니라 했다
　언제 적 이야기인지 모르겠지만
　선생님 그림자는 밟지도 않는다 했다

　바이러스 근접조차 허용치 않는 프로그램 구축이야말로

한 평생 내 영혼의 소명

　임금은 임금답고
　부모는 부모답고
　선생은 선생답고

　프로그래밍할 내역 대략을 머리글부터 적어보니
　지상낙원 구축은 결코 요원한 일만은 아닌듯했다

　영원한 세계의 시작은 나로부터
　메모장 마지막 구절을 적자 사방이 온통 환해졌다

취정

요즘 일생생활 중 문득 시님이 찾아오신다
영감이라 바꿔 말하고
천지신명 중 文神께서 찾아오셨다고 한 번 더 말 바꿔 본다

천지신명이신 문신께서 말 걸어오셨다
시 한 편을 뚝딱, 천지인 프로그램 구축하기란 시를 일필
휘지로 마쳤다
귀신과 수작하고 응대한다는 취정에 들어보니 실감되는
일필휘지

天地人神 함께 가는 길을 또한 취정이라 명명한다 하니
틀림이 없다는 말과 적중이라는 말
신과 같다는 말로 바꿔 적고는
진자리 마른자리 갈아 뉘어 주시며 손잡아 이끌어 주시던
구십 평생 아버지 떠올린다
수수만년은 아니어도 평생 한결같으셨음에 존경심 우러
러 나오나 보다

내가 든 취정에서는
내일 출근길이 더욱 소중해졌다

2부

단청 보다가 구구단 왼다

처마 끝 단청 보다가 구구단 왼다

나를 보던 단청도 구구단 왼다
삼각형 내각의 합은 $180° = 1+8 = 9$
사각형 내각의 합은 $360° = 3+6 = 9$
오각형의 내각의 합은 $540° = 5+4 = 9$
반원의 내각의 합은 $180° = 1+8 = 9$
원의 내각은 $360° = 3+6 = 9$

별의 집은 오각형
별이 깃든다

한 점 속으로 우주가 든다

한 점 속에서 나온 우주가
단청을 친다
눈 비비며 일어나 붉게 꽃 핀다
바삐 행장 차리며 푸르게 꽃 핀다

연산자 들이대며 구구단 왼다
하나 둘 하나 둘 둘둘 셋 둘
옹기종기 모여 유치원 간다 학교 간다

병원 간다
별들은 굉음을 내며 구구단 왼다
구구단에 맞춰 총총걸음으로 간다

총총걸음이 법당에 든다
엎드린 비구니의 두 손에 연신 꽃송이 핀다

* 시집 「살리는 공부」

물불우주

불을 불꽃이라고 부른다
물을 물꽃이라고 부른다

불꽃이 피어올라 하늘을 수놓고
적멸의 색깔을 담은 이슬방울로 태어나 난초 꽃 피운다
휘발유 꽃피워 서울에서 동해 가고
물고기 헤엄칠 적당하게 짠 이온수에 발 담근다

돌아갈 때 영혼 한 조각 먼지 한 조각으로 분리될 내가
영혼 한 조각 먼지 한 조각이 만나 불어난 풍선 속 같은
허허로운 우주 공간에
소금 냄새 풍기는 바람 한 자락 들인다

모래 위 발자국과 휩쓸고 가는 파도 소리와
그 사이를 메우는 갈매기 울음소리
이온수 끼얹어진 연인의 깔깔거리는 웃음소리
책장 넘기며 빼곡하게 2023년 여름이 각인되어 남는다

나라는 물꽃이 피고 불꽃이 피는 동안
입술과 입술이 서로를 맞추는 동안
우주가 낳은
나라는 시공간이 물불을 기르는 여행 동안

>
영혼이
물불로 담은 우주
모두 담을 동안

* 시집 『살리는 공부』

자아와 그 뇌*

북두칠성으로 첫 단추 끌러 천문을 짓는 영혼의 샘 길어
올려
　된장찌개로 밤늦도록 글과 씨름하며 맡긴 지상의 일 퇴
고한다

　존 에클스는 뉴런-시냅스, 관찰자(현상계), 양자중첩,
양자결맞음의 도구로
　인간의 의식은 양자의식이며 동시에 영혼이라고 말했다

　암흑에너지 95% 보이지 않는 손이 천체를 떠받치는 신
명이라는
　우주를 항해하며 별들을 수호한다는 그의 상상력에
　박수갈채 보낸다

2023년 6월 27일 9시 17분 공감 한 표 추인하여
　수고했으니 언제 밥 한 번 같이 하자고 한국인 뇌파 에너
지 그에게 보낸다

　그대와 나 보이는 손으로 지구를 떠받치는 담소 나누자
　불멍 말고 하염없이 꽃멍 때리자
　기왕이면 별빛이 도화가 되는 날이면 어떻겠냐고 감칠
맛 더해

추신을 보낸다

* 존 에클스 칼 포퍼 공저 자아와 그 뇌. 노벨물리학상 수상자.
** 시집『살리는 공부』

수많은 영혼을 길러 어디에 쓰시려나

밤하늘 수많은 별들이 지구를 지켜주는 동안
사람들은
밤하늘에 반짝이는 별빛 눈에 담아 넓고 깊은
영혼의 샘 기른다
수많은 영혼을 다 어디에 쓰실까 생각하다가
학생부군신위를 꺼내다가
쓰임이 있으시니 다 기르시지 않겠냐고 답한다

천하태평 업어가도 모를 나는 코를 골고 다른 소린 다 못
들어도
아가 우는소리에 뻘떡 일어나지는 여자가
안 아픈 곳 없다는 애써 할머니 흉내다

슈퍼컴퓨터는 시뮬레이션으로 핵 개발 이스라엘에 선사
했고
우리 부부는 계산적이지 못하고 한마음으로 살았느니
갈라지면 남이고
서로 남이었지만
점하나 빼고 또 빼며
서로 내님으로 모시고 살았다

30년 세월 밥 차려 받들어 올리랴 애 낳아 길러주랴 같이

돈 벌어주랴

　애들도 다 분가시켰으니

　남은 생 전업주부나 하시란다

　차려진 밥상은 언제나 옳다는 진리의 말씀이

　칠 첩 반상이

　혈기 왕성했던 실수투성이 인생 만회해 주고 계시다

　* 시집 『살리는 공부』

인생은 빛나는 별이고자 한다

밤하늘 사계 천상열차분야지도를 펴고 천마天馬는 쉬지 않고 달린다
쉬지 않고 달린다는 건 끝없는 초원을 뜻한다

바쁘다는 핑계로 벽을 쌓느라
앉은 자리에서 만들어 주는 감자전을 맛보지 못했다
철마鐵馬를 기다리는 동안
철썩철썩 밤 파도는 따귀를 왜 자꾸 올려붙이는지 왜 피하지 않는지
우리는 밤별을 세고
밤이 깊어질수록 별빛 또한 더욱 무성해졌으므로
우리의 이야기는 끝나지 않는다

초원을 잇는 철마는
태백선 자미원과 증산을 향한다
복을 태워준다는 탐랑 문곡 거문 녹존 염정 무곡 파군을 찾는 몽상가 몇
노다지를 찾는 사금파리 몇
석탄을 낚는 강태공 몇이면 어떠하냐고
철마는 무성해져도 괜찮다면 등은 누구에게든 내어준다

원 없이 빛나는 빼곡한 밤 별을 보면

인생은 누구나 빛나는 별이고자 한다

어느새 머리 허연 늙은 부모와 어린 아가는 진자리 마른

자리로 갈아진다

상제를 모시고 순시하는 천마天馬의 여느 별자리 못지않다

* 조용미 「자미원 간다」에서 착안

** 시집 『하늘을 만들다』

별편지

아인슈타인은 복리의 위력을 세계 8대 불가사의라 칭했다

롭 무어*는 최소의 노력으로 최대의 결과 효과 내는 약
을 팔았다
사용설명서 레버리지는 복리에 관한 효과와 부작용을 설
명한다

주먹밥 한 덩이가 구르는 눈덩이처럼 불어나고 임계점을
지나면
복리효과 보는
지구보다 커지는 비현실적인 불가사의한 약을 팔았다

세상은 다행히도 지렛대효과가 있어
시작은 최대의 노력과 최소의 결괏값이지만
나중은 ∞가 된다는 것

나에게 약 파는
내 마음이라는 놈도 그렇다

그녀 앞에 서면 어느새 호수 담은 맑은 눈망울이었다가
견우직녀가 만나는 밤이면 은하수 건너 남모를 사연 찾
아 퍼담는다

>

별똥별이 떨어졌다는 글을 지우개로 지운다

옆에 유성우라고 써진 글도 지운다

저 별도 사람이 그리워 먼저 서신 한 조각 내게 보냈노라

고 다시 적는다

* 롭 무어 레버리지(지렛대효과) 저자

** 시집『살리는 공부』

나는 양파망 앞에서 반성하고 또 반성했다

바다에서 끌어올려진 그물망은 큰놈 작은놈 별놈 다 선별 작업을 한다

이 동네 캡틴 마트 구조는 선별을 풀어 다시 한데 묶는 유통망이다

햇 양파망에서 다섯 개 중 중앙에 씨알 좋은 묵은 양파가 떡하니 자리 잡고 있었으므로 내 성품은 그물망 밖에서 잡힌 빼도 박도 못하는 물고기 신세 되어버렸다

고기잡이 방식이 여러 방식이라는 것을 간과하지 말았어야 했다

미리 묶어놓아 도매금처럼 같이 딸려오는 놈들을 특히 경계했어야 했다

도매금 같았던 경각심이 양파망 앞에서 반성하고 또 반성하다가

별반 다르지 않았을 나의 과거 그물망에 대해 다시 경각한다

우주는 물샐틈없이 잘 짜인 누군가의 그물망이라는 것을 일찍이 각성하고도 그러므로 언젠가 끌어올려질 것이 빤하다는 것을 쉽게 알아채고도

영성 없는 물고기처럼 정말 모르는 척 아무런 걱정도 없는 척 애써 포장하고 세월 앞에 장사 없다는 말로 그물망을

에둘러 표현하기도 했다

　사람 몸은 광속을 절대 거슬러 오르지 못한다는 상대성이론의 시공간 함수 지표는 또 한편으로 사람 마음은 빛보다 빨라 가끔 별을 따다 그녀에게 가져다주던 청춘 잠시 되돌려 놓기도 했다

　* 시집『살리는 공부』

참여 우주*

'일론 머스크는 우주는 홀로그램이 아닐 확률은 10억 분에 1의 확률이라고 말했다'
일월도 빈 그림자가 되고 우주도 빈 껍데기가 되어 간다

터널에 들어서자 몬스터가 공격해온다
레벨 80을 만들기 위해 반드시 던전 퀘스트를 끝내야 한다
용들이 화염을 내뿜자 보호구가 녹아내려 더는 버틸 수 없다
캐릭터 부활을 위해서는 현금 5,000원을 지불해야 한다

로그아웃을 한다
터널에서 빠져나온 몸뚱이를 사각의 링 위에 쓰러뜨린다
빙의된 용들이 다시 불 뿜는다

눈을 감자 또다시 빙의된 용들이 불 뿜는다
카운트다운 끝나고 쓰러져 잠이 든듯했는데
용들과 다시 전투 중이다

축하합니다. 5,000원을 지불하지 않고 레벨 업하셨습니다
뇌의 자기장이 무의식 속에서 시공간에 참여할 **홀로그램 완성시키고 있다

* 인간은 끝없이 우주 시공간에 개입한다는 말

** Hologram

*** 시집 『살리는 공부』

오늘의 날씨 맑음

복사꽃 향에 취한 보름달
밑천도 없는 내게 어깨를 토닥이며 잔을 또 채운다
주거니 받거니 관계를 트다 보니 밤바람도 앉았다 간다

놀음에도 경지가 있다
동짓달 혹한이란 놈 오한이란 패로 놀음판을 휘어잡았다
관계가 모두 얼어붙었다
오늘은 9시 뉴스 지나 광고 속 한 여자도
내게 술잔을 건넨다
오늘 밤은 밤새 질펀하겠다

그와의 대작은 나의 무도함에서 비롯됐다
놀음판에서 관계라는 것은 관계없음이다
거나하게 취하지 못하는 자 올인하지 못하는 자
비싼 숙박비를 치러야 한다

장벽이 에워싸 빛이 들어 설 자리 없는 어둠은
굳은 장벽이다
꽉 막힌 벽창호가 도가 터져 빛이 창이 되는 순간이 있다
그쯤 되야
바람은 창문을 노크하고 달빛은 바람을 주무른다

>
억만 겁 한 채, 집안 놀음 끝날 줄 모른다
놀음판이 설령 아니라 해도
누구나 먹어야 산다
초저녁 달은 다 저녁에야 태양이 짓는 어둠
결코 싹쓸이하는 법이 없다
아침 태양은
달이 빚은 아침이슬 고스란히 따먹는다

오늘의 날씨 맑다

* 시집 「하늘을 만들다」

유월

뜨거운 태양 아래 푸르름이 눈부시다
눈이 부신 푸르름에 잠시 아찔해졌으므로
푸르다는 말은 정열적으로 살았다는 말 같았다
붉은 태양 무수히 빨아댔다는 말
내게 건넬 선물이 온통 푸르름이라는 말
쭉쭉 빨아먹고 너도 푸르게 쑥쑥 자라라는 말 같아서
유월은 푸르름에 눈먼다는 말

* 시집『살리는 공부』

짹짹 소리

짹짹 소리 들렸다

짹짹 소리에 바람이 불고
짹짹 소리에 비가 몰려든다

짹짹 소리에 해가 뜨고
짹짹 소리에 해가 진다

짹짹 소리에 입 맞추고
짹짹 소리에 몸 맞댄다

짹짹 소리에
부러진 나뭇가지도 하늘로 날아오른다

짹짹 소리에 알이 부화되고
짹짹 소리에 푸르름도 기대고 있다

삶에 지친 자들 잠시 쉬어가라고
짹짹 경전 소리 들린다

짹짹 소리로 너를 부르고
짹짹 소리로 나를 부른다

* 시집 「살리는 공부」

꽃 피는 이유

꽃잎이 화려한 이부자리 같다
속물 태평하게 꺼내 놓고 있다
벌 나비 거들고 있다
암수 간의 일이란 게
본디 음란하지 않은 일이어서
벌건 대낮에 벌겋게 벌어지는 일이라서
모두 도시락 싸 들고 가는 꽃구경이라서
때마침
붉게 피어오른 그녀가 거추장스러움을 벗어던진 일이 떠
올랐다
벌겋게 달아오른 몸뚱이와 영혼에 가득한
꿀을 **빨다가**
나 또한 평생의 영혼과 몸뚱이가 모두 다 빨려 나간다
너는 내가 되고 나는 네가 되는
남자로 태어나 온전한 여자가 되어버리고 마는
입덧을 대신 해주기도 하고
좋은느낌 순수를 사러 기꺼이 편의점으로 달려가기도 하는
꽃 피는 이유

* 시집 『살리는 공부』

그녀의 광합성

소금을 다룰 줄 아는 연금술사가 흙 속에 물 길어 올린다
가지마다 빛과 이산화탄소 합성하는 공장들 수두룩하다

광합성은 언제나 옳았다 산소와 푸르름이 눈부시다

쭈글쭈글 간에 절은 배추가 손길을 내밀고
준비된 각종 양념이 꽃단장 마친다

김치는 언제나 옳다

처진 입꼬리 처진 어깨 이끌고 오는 꼰대의 하루도
종일 운동장과 씨름하던 다리 풀린 패자 같은 사내도
귀신아 나 잡아가라며 먼 산 바라보는 대청마루 하품 쏟
는 노처녀의 나른함도
입맛 다시며 한 방에 날려 버린다

늘 소금기에 절은 그녀의 손끝은
한 푼 두 푼 서푼 말하지 않았다
월셋집 전셋집 내 집도 말하지 않았다
자식 여럿 다 분가시키는 뿌리 깊은 그늘 장만하셨다

비록 석산 절벽에 뿌리내려도 물불만 있으면 살 수 있노

라 시던
  풍란 꽃 같은
  그녀의 세월 녹아든 광합성

  오십을 훌쩍 넘긴 사내의 짙은 녹음 쩌렁쩌렁 잇고 계신다

  * 시집『살리는 공부』

진눈깨비

스케치해둔 풍경에 온정은 식어가고 냉정은 더해지는 진
눈깨비라고
색감 입힌다
요사이 자주 겪은 눈빛이어서
이참에 흠뻑 맞다가 홀러덩 자빠져 그 속내에 빠져보려
했다
허우적거리다 빠져 죽어보자 했다
입 쩍 벌리고 있는 압력밥솥에 넣을 쌀이 마저 떨어져야
했다
통장 잔고는 마이너스 기록 이미 경신했어야 했다

남은 성깔 다 죽이지 못해
두서너 달이면 겨울 풍경 다 지나간다고 한쪽 다리 떨며
이빨 털며 다시 깐족댄다
그녀에게도 이런 생생한 현장 장면은 이미 익숙하게 난
길들임 같은 것이어서
그녀와 나 사이 리필 되지 않는 차갑게 식은 찻잔이다. 찻
잔이 그려내는 공허다
공허가
진눈깨비 속은 오죽하겠냐며
창밖으로 화제를 돌린다

>

　온정도 냉정도 정이라고 쓰다 만 화첩에 혁명 따위는 바
라지도 않는다는

　그녀의 을씨년스러운 공허가 연신 퍼즐을 맞추고 있다

　* 시집『살리는 공부』

3부

끔찍한 태교

호족은 호랑이를 낳고
곰족은 곰을 낳고
토끼족은 토끼를 낳고
오렌지족은 오렌지를 낳고
싱글족은 싱글을 낳고
미시족은 미시 낳고

세상 별다를 일 없었다

새로운 탄생은
신을 추앙하는 족속과
학문을 신봉하는 족속
인정머리 없이
진화하는 로봇뿐

생각은 생각을 낳는다

열 달 태교 산모도 분만실에서 악쓴다
해를 거듭하는 우주
새해를 낳는다
해마다 자성의 목소리가 나오고
선과 악, 팽팽히 줄다리기한다

>
진통 중이다, 우주
세상 끔찍할 수밖에 없다

* 시집 『하늘을 만들다』

돌의 세계 일주

1% 영감과 99%의 노력이라는 말은 발에 차이는 흔한 돌
이다

날아와 머리통 후려친 이 돌이 내 인생의 시발점이다

정확히 1%의 영감이 그 돌이다

홍익인간 뜻 받들어 돌들을 이끌고 가 산업혁명 도화선
이 되었을 돌

서양에서 다시 제집으로 찾아들었을 돌

하느님이 보우하사 정동재 만세라는 돌

지구를 말안장에 앉힌 강남스타일이라는 돌

세계를 들었다 놨다 하는 BTS 블랙핑크 기생충 오징어게
임이라는 돌

한국어가 세계 공용어가 될 것이라는 돌

하늘이 내리셨다는 한글이라는 돌

>

김치 깍두기 비빔밥 불고기 천국의 맛이라는 돌

문화강대국이 곧 일류국가라는 김구라는 돌

더딘 세상
원수도 사랑해 준다는 명부冥府전에 복덕을 빌어줬다는
명복이라는 돌

* 시집『살리는 공부』

75

생명生命

죽고 사는 일이 똑같다는 공식이 생겼다
내 마음 하나조차도 속이고 살 수가 없었다

살아 봐!
누군가 만든 生命이라는 두 글자

별도 달도 구름도
바람도 아니었다

안녕 친구
손에 손, 잡을 걸 그랬다

살아 있는 모든 것들에 먼저 손 내밀 걸 그랬다

뺨을 스치고 지나가는 바람이라는 말 대신
볼을 맞대주는 친구라며 반겨줄 일이 생겼다

* 시집 『하늘을 만들다』

칼

세상에 그런 법이 어디 있냐고 또 누군가
통곡으로 눈물바다다

난법亂法이 지옥을 무대에 올린다
칼만 안 들었지 날강도다
일관된 외면수습이 그들의 칼이다
쥐도 새도 다 아는 일
민법의 울타리 안에서 맘껏 휘두르는 고의부도 짜고 치는
법정관리가 공공연한 칼부림이다
집이며 차며 은행계좌며 싹둑싹둑 잘린다
신문지 몇 장에 몸을 의지한 집개미들이 노숙을 친다

칼과 칼이 골조를 세우며 피와 살을 양생 중이다
기둥뿌리가 뽑혀 기둥서방이라도 구하는지
밤낮을 모르고 산다
등록금을 납부하지 못한 가녀린 손이 휴학계를 던지고
안마방에서 산다
호래자식이라는 놀림을 향한 주먹질이 꿈도 날려버려
소년원에서 산다
재수 없으면 철창행이라는 말이 기막히게 눈물을 닦아준다

대책 없이 대책인 양

늘 나는 씹 하려 한다
묵은 하늘 사타구니에서 혼용무도라는 사자성어가
무도하게도 태어났다
제왕절개를 모르는 환한 달빛이 폐부를 찌르는 칼이다

* 시집 『하늘을 만들다』

태양을 멈춰 세워야 한다

나의 전생은
지나치는 아지매 품에 안긴 하얀 털의 개 같다

나의 과거도
물고 물리는 개새끼의 생 그 연속이다
오늘을 개처럼 일하게 할 뜨는 태양이 개다
오늘의 지는 태양이 꼬리 내리는 역시 개다
태양은 해바라기 만드는
밥그릇이 경전 되게 하는 개 같은 견생이어서
개같이 벌어서 정승처럼 쓰자 했지만
일생 개집에서 벗어나지 못하고 쭈그리고 잠든 개새끼였다

태양 같은 주인님 앞
손 내밀어 악수도 하고 앉아 일어서기를 반복하고
기라면 기고 짖으라면 짖고
낯선 사람의 출현에 사나운 개처럼 짖어야 했다
가진 것이 적어서
낯익은 사람에게도 사납게 짖어야 하는 개처럼 살았다
기실은 별빛에 사람이 영글고
우주는 사람 말씀 놓치지 않고 귀담아듣고 계신다

적어도

태양을 멈춰 세워야 한다

* 시집『살리는 공부』

산순이를 온전히 읽다

민망하지만, 끝까지 쳐다만 보고 있어야 했던
산순이의 짧은 봄날
이랑에 씌운 비닐 다 찢어진다는 옆집 노인장 성화로
발정 난 암캐의 목걸이를 풀어주지 못했다
복날 잡으면 딱 한 그릇 깜인 옆집 개 한 마리
꼴에 수캐라고 다섯 배나 큰 산순이 뒤꽁무니를
며칠째 핥고 다닌다
아무리 용을 써도 코만 성기에 닿는다
컹컹 울기도 하고
깽깽 신음도 내며 산순이 머리에다 펌프질이다
만, 두 살배기 초산을 훌쩍 넘긴 산순이
오늘은 제발 잘 해보라는 듯 자세를 낮춘다
의외였다
의외는 의외의 안쪽을 들어서게 되었다
직립으로 누워서 벌이는 일쯤은 사람에겐 자연 섭리였다
함부로 누워버린 어떤 육체관계에 대해
늘 우리의 섭리는 옆집 개새끼만도 못한 연놈이라고 지
칭했다
사람의 길은 뜻밖에도 사람만이 아니었다
앞길이 조금 더 트였다

* 시집 「하늘을 만들다」

내 안의 1人 극장

때론 스치는 바람에도 말을 걸고 싶었다
자꾸 말을 걸다 보면 나를 알아주는 이가 생길 거라고
세상을 향해 침을 튀어가며 오토리버스 노래 테이프처럼
지내곤 했다
인연일까? 붙잡아 보면 손가락 사이로 살점 섞인 모래알
들이
우수수 시간 속으로 떨어져 나갔다
사막의 순례에는 눈을 뜨지 못하게 하는 모래바람이 낯
설지 않다
나의 노래는 말라 버렸고 주파수는 바닥이었으며
그때 나를 받아주는 내가 내 안에서 불현듯 일어났다
나라고 말했을 때 나 이외의 모든 것은 남이 되어버렸다
쉽게 등 돌려 모두 배웅해버린 후 매일 찾아드는 정적을
맞이해 보시라
처량 만고 끝에 비로소 대문을 노크하는 귀한 손님접대를
연상해보시라
살아온 날만큼 길어진 것이 외로움이라면 외로움의 몸통
은 두려움이 아닌지
의구심이 고개 들었고 나를 몸통처럼 노려보기 시작했다
마치 예외의 경우처럼 까다로운 나를 나조차 난해해 했
으므로
윈도의 오에스 시스템체계구성의 맥락을 따르기로 했다

코끼리가 잡아먹은 뱃속에 사람은 코끼리의 새끼를 잡아먹었다

두렵지 않다에 동그라미를 매긴다.

코끼리가 잡아먹은 뱃속에 그린벨트는 물과 공기를 빨아먹었다

두렵지 않다에 동그라미를 매긴다.

내가 잡아먹은 뱃속에 나는 부모와 친구와 선생님을 뜯어먹고 있었다

두렵지 않다에 동그라미를 매긴다.

세월이 잡아먹은 뱃속에 나는 나를 먹어치우고 있었다

두렵다에 동그라미 쳐진다.

잠시 나를 주장하는 순간 집사람도 아이들도 잠시 남이되어버린다

그 후

나는 나를 남이라고 불렀다

나는 남에게

남은 나에게 혼잣말을 주고받는다

이 극장에서는 일월의 틈새 사이 모래알을 물어 나르는 개미 한 마리까지

재조명된다

* 시집 『하늘을 만들다』

꿈 꾼다는 것

밤새 거실에서 내 사랑이
내 옆에서 다른 사람과 사랑을 나누며 환하게 웃는다
왜 그래? 어떻게 그럴 수 있어?
두 손으로 어깨를 잡고 고개가 넘어갈 정도로 세차게 흔
드는데
"영화 같지 않아? 그 사람 조연이야." 필연처럼 말을 한다
꿈결인데도 엉겁결에 닦아도, 닦아도, 눈물이 그칠 줄 모
른다
영화관 어둠 속에서 일정 속도를 유지하던 필름은
문밖을 나서면서 묻지마 살인까지 숨 가쁘게 치닫는다
언제 뵈어도 미인이시네여
삼십 줄 박 씨 이방인 같지 않은 말투로 사라진다
꿈에서 깨고 보니 사람이더라고 허심탄회하게 토로한 장
자의 나비 역시
조연을 생생히 그려내는 데서 기초했다
상쾌한 아침 바람이 머릿결을 흔들자 마음결에 하늘빛이
스민다
"좀 나아졌어요?"
(괜히 미안하다는 듯 묻는다)
꿈꾼다는 것은
자칫, 스케치한 바람의 머릿결에 꽃뱀 무늬 덧칠을 해보
는 일

저런! 그림 그리기로 얼룩져버린 태양이라니
조연의 출연으로 눈물은 이미 바다로 흥건하다
비늘을 다쳐 속살에 고름이 차오르는 물고기 한 마리
날개가 꺾여 지느러미조차 가누지 못한다
꾸덕꾸덕 사흘 나흘 상처를 핥고 있는 심연의 해류, 고로
바다는 어디에나 존재한다
네 입에 간 맞추지 말고 바다를 보라
쉼 없이 바다가 철석인다

* 시집 「하늘을 만들다」

숨을 거두었다는 말

숨을 거두었다는 말
지상에 그 누가 맘대로 숨을 거둘 수 있다는 말인가
생략된 주어를 쫓는다
마주 보며 막 식탁에 오른 따끈따끈한 산소를 마시고
이산화탄소를 마신다
그러므로 산책길은 왕성하다
사방은 내내 투명하다
호흡한다는 것은 폐부 깊숙이 내통한다는 말 그러므로
생전에 은밀히 내통하였다는 말 누군가에게 툭툭 던진다
한통속이었으므로 모든 숨 거둬들이는 숨통아
너의 허공과 허무와 허기가 전염되는 일은 어쩌면 당연
한 일
한평생 호흡으로 남은 것은 너에 대한 그리움이 번져 버
려진 그늘 모퉁이
숨 쉬는 오랑캐꽃까지의 연민뿐이구나
흉부에 하늘처럼 고인 허무와
다가가도 만져지지 않는 너에 대한 목마름으로 나는
피붙이를 사랑하는 일이 하여 전부였노라
하늘인 너와 폐부에서부터 연결된 심장의 박동으로
모든 것들은 숨지는 날까지 손이 데고도 남을 붉은 꽃을
위로, 위로 피워낸다
숨을 거둔다는 말은

한 떨기 꽃이 되고 열매가 되어 비로소
너에게로 초청되는 일이다

* 시집 「하늘을 만들다」

무용총 사신도

사막은 물의 묘지라고 암기한다
남근은 삼십육 점 오도의 골짝은 뜨거워 좋아 죽는다고
미친 듯이 기록을 남긴다
명당을 쓸 때는 좌청룡 우백호 남주작 북현무를 살핀 연
후에
산의 아랫도리를 더듬어
클리토리스 같은 봉긋한 봉분을 만들어 의인화시키고
누구누구의 묘라고 적는다
하늘을 오르내린다는 잡지 속 사신四神,
잉걸불처럼 타오르는 청룡의 눈빛
당시 하늘을 대신했다는 임금 앞에 인도한다
일 년 삼백육십오일 은밀한 깊은 밤 골짝은 청룡의 말
대로
항상 촉촉하다
아파트 베란다 발코니에
현무의 둥근 꼬리처럼 어둠이 새벽이슬을 빚고 있다
자본주의가 밤낮으로 파고 있는 여기는
이십일 세기 지구 사막화의 요충지
이 밤 이 거리 저마다 타고난 천성대로
또는 후천적 영향으로
사람들은 미친 듯이 또 기록을 후려갈길 것이다
태어나자 중심을 잃은 사생아 몇
변기에 걸려 떠들썩하게 기록될 것이다

* 시집 「하늘을 만들다」

폭설

아나운서의 폭설 경보라는 말마저 얼어붙어 있다
나무와 나무 사이의 길이 먼저 사라지고
사람과 사람의 길도 무너지기 시작했다

덕분에 하루 이틀 쉬면 좋겠다는 말도 녹아들지 못하고
쌓여있다
그만 그치라는 말이 창밖 나무에 걸려 있다 뚝 떨어진다
쩍쩍 무게를 이기지 못한 나뭇가지들이 흰 살결을 드러
낸다

대부분의 가난은 쌓인 눈보다 더 희다
독설 아닌 독설에 자꾸 미끄러지는 사람들
허한 고개를 넘고 있다

싸리비도 눈가래도 모두 손을 놓았다
눈밭에 발자국을 심는 드문드문 아이들과 멍멍이가 보인다
하늘에서 하시는 일이다
족히 삼 일은 마음을 비워야 한다

* 시집 「하늘을 만들다」

마흔다섯

악을 쓰고 만다는 분만실 산모 얼굴이
마흔다섯 가장의 안면에 무시로 쌓였나 보다

면도날 위로 험상궂은 인상의 낯선 사내 코앞까지 얼굴
을 들이민다
햇볕에 그을린 시커먼 이목구비와 미간에 자리한 사나
운 주름
악당과 싸우던 악당을 닮았다

어금니로 꽉 물었던 신음이 양칫물과 함께 수챗구멍으
로 빨려 들어간다
개구리 뒷다리~ 연거푸 입꼬리 두 귀에 건다

훌쩍 커버린 아들놈에서 순하디순한 스무 살 적 내가 보
인다
베란다에서 발톱을 깎다 말고 푸념한다

자식 하나 키워 내는 게 어디 보통 일인가
아무렴 보통 일이 아니지
옳거니 부처님도 제대로 못 하신 일 아닌가!

반 농담에
화분 위 고추가 유난히 붉다

* 시집 『하늘을 만들다』

마흔세 번째 가을

마흔세 번째 가을이 저만치 멀어진다
태양의 체온은 식지 못한다
매미 베짱이 풀벌레 소리마저 숨어든다
감자밭 일구던 유성댁 구슬땀도
막걸리 한 사발에 드러눕던 샛별이 아빠 그늘도
모두 씨앗으로 들어갔다

봄이면 싹 트는 게 어디 한둘이고
가을이면 떨어지는 낙엽이 어디 한둘인가
천만번 태어나도 다시 들어가는
지칠 줄 모르는 우주는 영글어가는 씨앗

카테고리를 클릭하자
풍골 좋다 풍채 좋다는 말씨들이 우르르 튀어나온다
복희 씨라 불렀다
신농 씨라 불렀다
김 씨 이 씨 박 씨 정 씨……
족보 없는 자들이 이 나라에는 없다

제발 사람 좀 되어야 하는
하늘 향한 꽃 한 송이 체온조차 식지 못한다
옷깃 여며주고 가는 마흔세 번째 가을

* 시집 「하늘을 만들다」

춘몽

천도복숭아는 짧은 한철로 끝난다
하늘 열매 소식이 한 줄이다
유년 시절 눈빛은 손오공이 태상노군에게 빼앗은 천도복
숭아에 꽂힌다
키가 내 머리통 하나는 더 크고 동양화 속 미인 같았던 사
촌 형수
막 핀 도홧빛 얼굴 문안으로 살포시 들이밀었을 때 쿵쿵
심장이 뛰었다

문틱 밖이 저승이라는 말밖에 딱히 실마리가 없었으므로
천개어자지벽어축*이라는 말에 풍덩 빠져 하늘에 좌정
을 틀던
작정한 백일 끝
무릉도원 홍조의 백발 신선 버선발로 걸어 나와
내민 두 손
처자식이 눈을 흐려 주춤주춤하다 잡지 못했다

자정 가까워질수록 집집마다 활짝 피는 선홍빛 도화일 테다
지구는 연중무휴 왕생극락 춘몽 중이다

* 사자소학
* 시집 『하늘을 만들다』

효孝에게

북두칠성 떠 있다
여전하다

붉은 십자가 떠 있다
여전하다

여자 얼굴값 하는 거라 그랬고 그 사람은
도화살 때문이라고 그랬다

하나도 모르는 게 뭘 까불겠느냐며
층간 소음에 깬 담배 연기가 투덜거리며 허공을 오른다

자 왈 오도 일이관지*를 쓰고 십十으로 읽고는
하나를 들으면 열을 깨치지 못하는 둔재라 변명 중이다

이목구비耳目口鼻 일곱 구멍 주인 행세 총명치 못해
애써 혼내는 중이다

칠성판 구멍 복福 없는 놈은 눈뜬장님
잠들지 못하는, 숙면을 청하지 못하는 우주 앞에서 두 눈
만 껌뻑인다

>

십十의 십十이 사람 만든다는 효孝에게

사람 앞길 막아서는 하늘의 심보 요즘은 묻지 않는다

* 공자 말씀 오도 일이관지吾道 一以貫之

** 시집『살리는 공부』

십+ 또는 씹

초경 비치던 봄밤부터 처녀좌는
소싯적 엄마 품 더듬는다
어학 사전 뒤적여
씹의 어원은 십+의 비속어라며 밑줄 긋는다

네미 씹이다
천문 이야기 낙서가 음담패설이다
십+의 체위 논하면 풍차 돌리기
홀 중앙 들인 오五가 동물적 감각으로 십+을 요리한다
오입五入을 오입이라 단정 지을 수밖에 없다

토끼가 방아 찧는 달이 보인다
뭐니 뭐니 해도 사내는 좆심
달거리 끝나자 오입 중인 달빛이다
치마폭 속
넣고 뺄 때마다 밀물과 썰물 요동친다
우주 조판 간지干支를 낳는 낙서의 현장 목격 중이다

바다의 씹은 생명의 어머니
십오야十五夜 바다 사리를 빚고 있다

* 시집 「살리는 공부」

맺음말

하늘은 지상에 천국을 건설하려 한다.
빛은 환하다.
사람은 빛이다.
영원히 꺼지지 않는 밝은 빛 되시길 기원한다.

양자역학의 시학

— 정동재의 『나는 빛이요 파동이요 생명이므로』의 시 세계

반경환 문학평론가

양자역학의 시학
— 정동재의 『나는 빛이요 파동이요 생명이므로』의 시 세계

반경환 문학평론가

 정동재 시인은 서울에서 태어났고, 2012년 계간 『애지』로
등단했으며, 시집으로는 『하늘을 만들다』와 『살리는 공부』
가 있다. 첫 번째 시집인 『하늘을 만들다』가 상징과 은유, 풍
자와 해학을 통하여 '새로운 하늘'을 창출해냈다면 그의 두
번째 시집인 『살리는 공부』는 그의 '삶의 철학'을 통하여 '우
주'와 '인간의 조화'를 역설하고 있다고 할 수가 있다. 시 쓰
기(창조)와 삶의 실천, 즉, 이론철학에서 실천철학으로 그
의 시 쓰기와 삶의 운행을 진전시켜온 것이고, 따라서, "거
리를 벌려준 해와 달/ 거리를 좁혀준 나무와 새들/ 옷깃을
스치고 지나간 인연/ 숨 한 모금조차/ 사랑한다는 말/ 건네
는 중이다"라는 「살리는 공부」에서처럼, 그토록 깊이 있고
아름다운 이 세상의 삶의 찬가를 부르게 된 것이다. 모든 시
인은 영원한 학생이고, 영원한 학생은 제일급의 시인으로서
의 영원한 스승의 길을 가게 된다. 앎의 실천(시 쓰기)은 끝

이 없고, 이 앎에의 의지의 극치가 정동재 시인의 세 번째 시집인 「나는 빛이요 파동이요 생명이므로」가 될 것이다.

발자국 쫓다 보면 빛과 빛을 합성하는 작업 중이다
뭔가 큰일 벌이고 있다

DNA가 있어서 천명이 있어서
빛에 싹이 나고 잎이 나는 것을 보라
감자에 싹이 나고 잎이 나는 것을 보라
초록 풀이나 미역 뜯었다는 바닷가 바위 공룡 발자국을 보라
익룡 빼곡했다는 하늘 고개 들어 보라
하루도 쉬지 못하는 태양 숨은 붙은 것인지 확인하여 보라

폐지 한가득 손수레를 끄는 최후의 보루
등골이 다 빠져 활처럼 휜 허우적거리는 걸음걸이
빛의 발걸음을 보라
다 저녁에 이마 땀 한번 제대로 훔치고
하늘 한번 보는
먼저 가신님 허공에 그리고 섰을지도 모를
그렁그렁 한 눈망울 읽어 보시라

빛이 사람이 되기까지
아버님 어머님 우리 고운 님 되기까지
대견한 우리 아드님 되기까지
빛이 어찌어찌 고명하여지는지 눈여겨 보라

빛이 소멸하지 않는 빛님으로 신위神位에 모셔지기까지
또렷이 찍힌 발자국을 보라

환장하도록 고운 저녁노을이 감탄사 외에는 말을 잇지
못하게 한다
빛의 속성이란 그런 것
뭔가 분명 천지개벽시킬 큰일 벌이고 있다
— 「나는 빛이요 파동이요 생명이므로 – 빛 발자국」 전문

태초에 말씀(언어)이 있었고, 전지전능한 신이 이 말씀으로 하늘과 땅과 우주와 모든 만물들을 창조했다고 하지만, 그러나 그것은 기독교와 인간중심주의의 대사기극이라고 할 수가 있다. 왜냐하면 태초에는 빛(불)이 있었고, 이 빛에 의하여 만물이 탄생했기 때문이다. 물질은 빛(에너지)이고, 빛은 물질이다. 현대 물리학에서 빛은 파동이고 입자라고 정의하고 있는데, 왜냐하면 빛은 입자와 입자(원자와 원자)의 총체이며, 그 움직임(파동)이라고 할 수가 있기 때문이다. 모든 물질은 빛이고, 빛은 파동이고 생명이다. 빛에 의해서 밤과 낮이 생겨나고, 빛에 의해서 '빨주노초파남보의 무지개'가 뜬다. 빛에 의해서 물이 흐르고, 빛에 의해서 물이 증발한다. 빛에 의해서 모든 생명체들이 태어나고, 빛에 의해서 시와 음악과 그림과 생활운동이 일어난다. 정동재 시인이 그의 세 번째 시집 제목을 '나는 빛이요 파동이요 생명이므로'라고 명명한 것은 그의 시적 주제가 '양자역학의 시학'이었기 때문이었을 것이다. 양자역학이란 뉴턴의 역학이론의 반대방향에서 미시적인 세계를 다루는 것을 말하지만,

그러나 그의 '양자역학'은 인위적이 아닌 '무위자연'의 '삶의
철학'이라고 할 수가 있는 것이다.

詩를 시라고 바꿔 쓰고 나면
글로 목탁 소리 낼 수 있어 좋다
글로 찬송 소리 낼 수 있어 좋다

글로 그림 그릴 수 있어 좋고
글로 영화 찍을 수 있어 좋다
수작 한 편 쓴 것 같아 다시 살펴보면
정답 없는 수학 문제를 풀다
정답을 못 찾은 것 같아서 좋다

점 하나 찍은 마침표에서
11차원 우주 물리학 이끌어내는 것 같아 좋고

행간 한 줄로 시작되는
천국의 계단 기하학 연결한 것 같아 좋다
부족한 내가 시 한 편 쓰고 나면
부족한 내가 별 하나 그리고 나면

시가 내게
안부를 묻는 것 같아 좋고
서툰 사랑에
서툴러도 된다고 고백해 주는 것 같아 좋다
시 한 편 쓰다 보면

온전히 나를 이끌어주려 하신다
　—「시」전문

　詩를 시라고 바꿔 쓰고 나면 글로 목탁 소리를 낼 수가 있고, 詩를 시라고 바꿔 쓰고 나면 글로 찬송 소리를 낼 수가 있다. "글로 그림을 그릴 수가 있어 좋고" "글로 영화를 찍을 수가 있어 좋다". 좋은 시 한 편 쓰고 나면 "정답 없는 수학 문제를 풀다/ 정답을 못 찾은 것 같아서 좋"고, "점 하나 찍은 마침표에서/ 11차원 우주 물리학을 이끌어내는 것 같아" 좋다. "행간 한 줄로 시작되는/ 천국의 계단 기하학 연결한 것 같아서" 좋고, "부족한 내가 시 한 편 쓰고 나면/ 부족한 내가 별 하나 그리고 나면// 시가 내게/ 안부를 묻는 것 같아서 좋"다. "서툰 사랑에/ 서툴러도 된다고 고백해 주는 것 같아서 좋"고, "시 한 편 쓰다 보면/ 온전히 나를 이끌어주려 하신다."

　시는 빛이고, 빛은 빛과 빛을 결합시켜 "천지개벽"의 "큰 일"을 벌이고 있는 것이다. "DNA가 있어서 천명이 있어서/ 빛에서 싹이 나고 잎이" 나고, 그리고 빛이 있기 때문에, "감자에서 싹이 나고 잎이" 난다. "초록 풀이나 미역을 뜯었다는" 공룡도 그렇고, "폐지 한가득 손수레를 끄는" 이 땅의 할머니들도 그렇다. 빛과 빛의 결합에 의하여 사람이 탄생하고, "아버님 어머님 우리 고운 님"이 탄생한다. 빛의 발자국은 시의 발자국이고, 시의 발자국은 영원히 소멸하지 않는 빛님의 발자국이다. 빛은 "환장하도록 고운 저녁노을"이며, "감탄사"이고, 빛은 천지개벽의 대서사시이며, 대우주의 원동력이다.

시와 시인이 하나가 되고, 시와 빛이 하나가 된다. 시인은 빛이요, 파동이며, 생명인 것이다. 따라서 정동재 시인의 '양자역학의 시학'은 인위적이 아닌 자연 그 자체라고 할 수가 있다. 그의 양자역학은 삶의 철학이자 긍정의 철학이며, 따라서 이 삶의 철학이 있기 때문에 그 모든 비판이 가능해진다. 이것이 정동재 시인의 '양자역학의 시학'이자 그 장엄하고 웅장한 위용이라고 할 수가 있는 것이다.

쟁기질 중인 저 소는 순백의 화합물이다

등짐을 벗고 화합물에서 벗어난 시간
밤별 외양간에 들이고 앉아
또다시 뿔난 황소의 전진 되새김질이다

염소 질소 수소 산소도 일심동체가 되고 싶었던 게다
사실 소였던 게다

굴레 쓴 소처럼 H_2O, CO_2, C_2H_5OH, CH_4가 되어
들녘 가로지르는 뿔난 소가 되고 싶었던 게다

미세먼지 가득한 이 도시 저 산야에서
대기를 가르며 올라 구름으로 쟁기 끌었던 게다

하늘 이야기 눈비로 써 내리며
사람 사는 이야기 늘 같이하고 싶었던 게다
　　　　　　　　　　—「들녘 뿔난 황소처럼」 전문

오늘날의 지구촌의 위기는 자연의 파괴와 대기오염의 문제라고 할 수가 있다. 자연의 파괴와 대기오염의 중대 범죄자는 우리 인간들이고, 우리 인간들은 자기 스스로를 되돌아보고 지구촌 위기를 해결할 능력을 이미 상실했다고 할 수가 있다. 호랑이와 사자가 자연을 파괴하고, 고래와 코끼리가 자연을 파괴하고 대기를 오염시켰단 말인가? 개미와 꿀벌들이 자연을 파괴하고, 풀과 나무들이 자연을 파괴하고 대기를 오염시켰단 말인가? 모든 동식물들은 자연의 법칙의 순응자이며, 산을 깎고 바다를 메우거나 대규모의 산업단지와 공해물질을 뿜어내지는 않았다. 우리 인간들은 만물의 영장이라는 대악당들이며, 자기 자신의 이익과 행복을 위해 끊임없이 수명연장을 꾀하고 부의 축적을 도모한다. 예컨대,

사랑의 상품화와 귀족화 대타 섭외가 일상인
자본주의의 민낯 보여주는 뉴스 보도
양심 팔아버린 마음자리에 상주한다는 악마들의
일가족 연쇄 살인으로 치닫는 흔해진 현장에
원혼과 악마가 벌여놓은 생생한 생지옥을 통감한다

라는 「이순」이나, 또는

온갖 말, 말이 난무하는 음파 천국에서 호래자식이 되
지 않는 법
이론상 간단하지만 고수의 반열에 오르는 일
호래자식 보다 더한 말 들어도 나라는 우주를 원한과 증

오

　　전쟁의 장으로 변질시키지 말아야 하는 일

　　한순간에 똑같은 사람이 되어버리거나 스스로를 지옥에
빠뜨리지 말아야 하는 일

　　말에 붙어 따라 들어와 나 아닌 악마가 사는 집으로 문패
를 바꾸지 말아야 하는 일이다

라는, 「나는 빛이요 파동이요 생명이므로 ― 말이라는 주문」을
넘어,

　　바이러스 근접조차 허용치 않는 프로그램 구축이야말로
한 평생 내 영혼의 소명

　　　임금은 임금답고
　　　부모는 부모답고
　　　선생은 선생답고

라는, 「천지인 프로그램 구축하기」의 이 지구촌과 인간성 회
복 운동을 하루바삐 실시하지 않으면 안 된다. 하루바삐 '들
녘 뿔난 황소'와도 같은 민심을 정화시키려면 '인간 70의 인
간수명제'를 실시해야 하고, 지구촌의 모든 요양원과 요양
병원을 대청소하지 않으면 안 된다. 오늘날 자본주의 사회
의 고 부가가치의 산업은 실버산업이며, 실버산업은 생명공
학인 만큼 '묻지마식 협박산업이자 폭리산업'이라고 할 수가
있다. 인간 생명은 더없이 소중하고 귀중한 만큼 똥과 오줌
을 싸고 아들과 딸들을 몰라봐도 좋으니, 단 한 푼도 남기지

않고 건강식품과 의약품과 병원비와 요양원비로 다 쓰고 죽으라는 것이 우리 자본가들의 정언명령인 것이다.

하지만, 그러나 지구촌의 적정 인구가 35억 명이라면 70세 이상의 노인들은 다 떠나보내야 하고, 더 이상의 자연과학과 생명공학의 연구를 중단시키지 않으면 안 된다. "쟁기질 중인 저 소가 순백의 화합물"이듯이, 이 세상의 만물은 생물학적으로, 또는 화학적으로 한 가족이며, 자연의 파괴와 대기오염은 모든 생명체들과 만물들에게 그대로 전가될 수밖에 없는 것이다. "등짐을 벗고 화합물에서 벗어난 시간/ 밤별 외양간에 들이고 앉아" 또다시 되새김질 하는 소, "굴레 쓴 소처럼 H_2O, CO_2, C_2H_5OH, CH_4가 되어/ 들녘 가로지르는 뿔난 소가" 된 소, "미세먼지 가득한 이 도시 저 산야에서/ 대기를 가르며 올라 구름으로 쟁기 끌었던" 소를, "하늘 이야기 눈비로 써 내리며/ 사람 사는 이야기를 늘 같이" 하는 소로 만들지 않으면 안 된다. "하느님께서 화기를 땅속에 묻어 버리시는 일"이고, "지구도 사람도/ 수기가 돌고 지혜가 열려 스스로 화병을 치료하는" 것이고, "하느님 보우하사 대한민국/ 천지 도수가/ 2024년 12월 한파 속" "천국의 맛은 대한민국 한식이라는 불고기 비빔밥 김치처럼 이 땅의 지상천국 만드는 일"(「3분 정역」)인 것이다.

> 가만히 보면 무위이화無爲而化 프로그램을 짜려고 한다
> 정신 주입하고 머리 몸통 손발을 만들었다
> 태양이 뜨고 달이 뜬다
> 오대양 육대주 돛을 펴 바람을 잡고
> 억겁 세월 우주를 유영한다

마당에는 어미 꽁무니 졸졸 쫓는 병아리 떼 분주하고
구멍 숭숭 뚫린 배추 잎사귀 지렁이 개구리 잡아다가 던
져 넣어주는
어렸을 적 유소년이 보인다

화장터에서 한 줌 재가 되어 담기신 어머니 아버지도 보
이고
잘난 애비 탓에 만만한 직장 하나 잡지 못하는
오장육부가 문드러질 아들 얼굴도 문득문득 떠오른다
온종일 직장에서 늦은 밤까지 종종걸음칠 딸아이도 보
인다

이 또한 잘만 허면 억겁 세월을 유영할 터
나는 무척 잘 사는 법에 대하여 오늘도 역시 되뇌고
매스컴은 옳다거니 그르다거니 한 표 달라고 서로 물어뜯
는 모습 재현에 또한 분주하다

지렁이 개구리 병아리 두더지 한 마리까지 정신줄 모아
각각 제 프로그램 운영하느라 모두 분주하다

우리 모두는 허투루 버려지는 존재가 하나도 없다
　　—「무위이화無爲而化 프로그램」 전문

하늘은 지상에 천국을 건설하려 한다.
빛은 환하다.

사람은 빛이다.

영원히 꺼지지 않는 밝은 빛 되시길 기원한다.

—「맺음말」에서

    자연은 스스로의 자연이며, 정동재 시인의 표현대로 「무
위이화 프로그램」대로 움직인다. 자연은 모든 만물들이 자
기 스스로의 생리와 습성에 따라 살면 그 모든 것이 사랑과
평화와 조화를 이루게 만들어 준다. 태양이 뜨고 달이 뜨고
"오대양 육대주 돛을 펴 바람을 잡고/ 억겁의 세월 우주를
유영한다." "마당에는 어미 꽁무니 졸졸 쫓는 병아리 떼 분
주하고/ 구멍 숭숭 뚫린 배추 잎사귀 지렁이 개구리 잡아다
가 던져 넣어주는/ 어렸을 적 유소년이" 보인다. "화장터에
서 한 줌 재가 되어 담기신 어머니 아버지도 보이고/ 잘난 애
비 탓에 만만한 직장 하나 잡지 못하는/ 오장육부가 문드러
질 아들 얼굴도 문득문득 떠오른다." "온종일 직장에서 늦
은 밤까지 종종걸음칠 딸아이도" 보이고, "나는 무척 잘 사
는 법에 대하여 오늘도 역시 되뇌고," "지렁이 개구리 병아
리 두더지 한 마리까지 정신줄 모아/ 각각 제 프로그램 운영
하느라 모두 분주하다// 우리 모두는 허투루 버려지는 존재
가 하나도 없다." '무위이화', 즉, '무위자연'은 아무런 일을
하지 않아도 저절로 이루어지는 것이 아니라, 자연의 넓고
넓은 품에 안겨 자연의 혜택에 감사하며 살아가는 삶을 말한
다. 인위는 반 자연적이고 모든 생명체들을 다 죽이는 것을
말하지만, 무위는 자연적이고, 모든 생명체들을 다 살리는
삶의 철학을 말한다.

환한 촛불 속 조금 어두운 빛깔 어둡다 표현하니 어둠
같았다
　나는 빛이요 파동이요 생명이므로
　생명은 파동이고 빛이라고 적는다

　빛에도 어둠이 있어서 인생 파란만장 겪으시고
　컴컴한 터널을 지나오신 어르신들
　인생 뭐 있냐며 그저 웃음 건네신다
　텃밭에 어떤 이는
　검게 그을린 얼굴로 삶은 감자 한 덩이 드시고 가란다

　측은지심이란 게 역지사지라는 게
　누군가 파놓은 함정에 빠져도 보고 망해도 봐야 비로소
얻어지는
　돈 주고도 살 수 없는 보석이라는 것을 느낀 적 있다

　이번 생 가장은 처음이지만
　낳아 품에 안고 젖 물리고 등에 업고 홀 서빙하는 일이
그녀도 처음이지만
　옹알이할 때 뒤집기 할 때 아장아장 걸을 때
　부모는 진땀 범벅이어도 박수갈채와 탄성이 터져 나오
는 일이다
　내일을 열어갈 빛을 살리고 탄생시키는 일이다

　인생 공부 백 점 만점이 어디 있겠냐만
　살다가, 살다가 다시 돌아가면

만사 다 제쳐놓고

모두를 살리시는 하느님께 문안 여쭙고 큰절부터 올려
야 쓰겠다

　　— 「만점인생」 전문

　정동재 시인이 그의 「만점인생」에서, "나는 빛이요 파동이
요 생명이므로/ 생명은 파동이고 빛이라고" 노래할 때, 우
리들의 삶은 자연 그대로의 삶이라는 것을 뜻한다. 이 세상
의 만물의 창조주가 빛이라는 것을 알게 되면 타인의 불행
을 안타깝게 생각하는 마음이 생겨나고, 역지사지, 또는 타
인의 입장에서 바라보면 모든 사리사욕이 누워서 침을 뱉
는 일이라는 것을 알게 된다. 아이가 "옹알이할 때 뒤집기
할 때 아장아장 걸을 때/ 부모는 진땀 범벅이어도 박수갈채
와 탄성이 터져 나오는 일"이고, "인생 공부 백점 만점이 어
디 있겠냐만/ 살다가, 살다가 다시 돌아가면/ 만사 다 제쳐
놓고/ 모두를 살리시는 하느님께 문안 여쭙고 큰절부터" 올
리게 된다.

　양자量子란 무엇이고, 양자역학이란 무엇인가? 양자란 물
리량의 최소 단위를 말하고, 양자역학이란 입자 및 입자 집
단을 다루는 현대 물리학의 기초 이론을 말한다. 정동재 시
인의 시를 '양자역학의 시학'이라는 말할 때, 그러나 그의 시
는 현대 물리학의 정반대 방향에서, 정치, 경제, 사회, 문화,
예술의 주체로서 우리 인간들의 '삶의 철학'을 가리키고 있
다고 할 수가 있다. 할아버지와 할머니, 아버지와 어머니,
남편과 아내, 아들과 딸, 친구와 친구, 적과 동지, 이웃과 이
웃 등은 우리 인간들이며, 우리 인간들은 더 이상 분할할 수

없는 양자라고 할 수가 있다. 이 양자와 양자의 결합에 의해서 가정과 단체와 정당과 국가의 조직체가 생겨나고 이 조직체의 힘으로 선진사회와 후진사회, 일등국가와 삼등국가가 탄생하게 된다. 미시적인 세계, 즉, 양자역학의 세계가 불확정성의 원리에 기초해 있듯이, "임금은 입금답고/ 부모는 부모답고/ 선생은 선생"다운 '만점의 사회'를 건설한다는 것은 참으로 어렵고 힘든 일이라고 할 수가 있다.

정동재 시인은 그의 세 번째 시집인 『나는 빛이요 파동이요 생명이므로』에서 지상의 천국을 건설하려고 하는 데, 왜냐하면 사람이 빛이기 때문이다. 사람은 입자이며 파동이고, 이 양자의 힘으로 영원히 꺼지지 않는 빛을 뿜어낸다. 빛은 무사무욕한 빛이고, 수명연장을 모르고, 어느 특정 개체나 그 집단을 위해 봉사하지는 않는다. 따라서 인간이 빛의 일부이지, 빛이 인간인 것은 아니다. 빛을 과다 사용하면 '동량의 법칙'에 의하여, 이 세상의 자원부족이나 대기오염, 빈부의 격차와 내전이나 전쟁과도 같은 후유증을 남기게 된다.

정동재 시인의 시는 '무위자연의 노래'이며, 이 세상의 영원한 '삶의 찬가'라고 할 수가 있는 것이다.

정 동 재

정동재 시인은 서울에서 태어났고, 2012년 계간 『애지』로 등단했으며, 시집으로는 『하늘을 만들다』와 『살리는 공부』가 있다. 첫 번째 시집인 『하늘을 만들다』가 상징과 은유, 풍자와 해학을 통하여 '새로운 하늘'을 창출해냈다면 그의 두 번째 시집인 『살리는 공부』는 그의 '삶의 철학'을 통하여 '우주'와 '인간의 조화'를 역설하고 있다고 할 수가 있다.

정동재 시인이 그의 세 번째 시집 제목을 『나는 빛이요 파동이요 생명이므로』라고 명명한 것은 그의 시적 주제가 '양자역학의 시학'이었기 때문이었을 것이다. 양자역학이란 뉴턴의 역학이론의 반대방향에서 미시적인 세계를 다루는 것을 말하지만, 그러나 그의 '양자역학'은 인위적이 아닌 '무위자연'의 '삶의 철학'이라고 할 수가 있는 것이다.

이메일 qufdlthsus29@daum.net

정동재 시집

나는 빛이요 파동이요 생명이므로

발   행   2025년 1월 27일
지 은 이   정동재
펴 낸 이   반송림
편집디자인   반송림
펴 낸 곳   도서출판 지혜, 계간시전문지 애지
기획위원   반경환
주   소   34624 대전광역시 동구 태전로 57, 2층 도서출판 지혜
전   화   042-625-1140
팩   스   042-627-1140
전자우편   eji@ji-hye.com
            ejisarang@hanmail.net
애지카페   cafe.daum.net/ejiliterature

ISBN   979-11-5728-563-1   03810
값   10,000원